Índice

Vehículos de emergencia 3

Glosario fotográfico 15

Índice analítico 16

Sobre la autora 16

Rourke Educational Media

rourkeeducationalmedia.com

¿Puedes encontrar estas palabras?

ambulancia

camión de bomberos

escalera

grúa

Vehículos de emergencia

Estas personas están en problemas. ¡La ayuda va en camino!

Un **camión de bomberos** combate los incendios.

El agua sale por la manguera.

Un camión de bomberos alza su **escalera**. ¡Arriba! ¡Arriba! ¡Arriba!

Una **ambulancia** lleva gente enferma al hospital.

DISTRICT OF COLUMBIA
FIRE & EMS UNIT

Una **grúa** ayuda a un auto chocado.

grúa

¡Los vehículos de emergencia hacen su trabajo!

¿Encontraste estas palabras?

Una **ambulancia** lleva gente enferma al hospital.

Un **camión de bomberos** combate los incendios.

Un camión de bomberos alza su **escalera**.

Una **grúa** ayuda a un auto chocado.

Glosario fotográfico

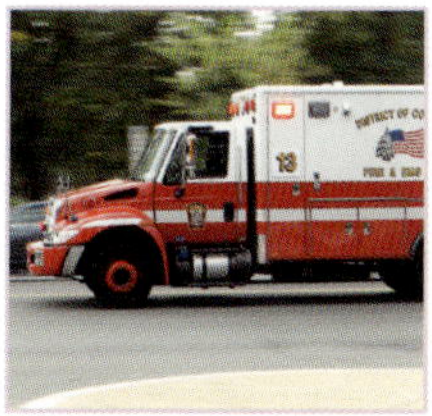

ambulancia: un vehículo que lleva gente herida al hospital.

camión de bomberos: un vehículo grande con tanques de agua que los bomberos usan para apagar incendios.

escalera: una estructura de acero, cuerda o madera que se usa para subir y bajar.

grúa: un camión utilizado para transportar vehículos averiados o chocados.

Índice analítico

alza: 6
ambulancia: 8
camión de bomberos: 4, 6
escalera: 6
grúa: 10
manguera: 5

Sobre la autora

Katy Duffield es una autora a quien le gustaría conducir una grúa. Le gustaría sentarse en su asiento grande. También le gustaría ayudar a la gente. Sobre todo, le encantaría remolcar autos. Y probablemente le gustaría incluso tocar la bocina. ¡PIIII!

www.rourkeeducationalmedia.com

PHOTO CREDITS: ©MarkusBeck; p.2,8-9,14,15: ©bakdc; p.2,4-5,14,15: ©blurAZ; p.2,6-7,14,15: ©Fedecandoniphoto | Dreamstime.com; p.2,10-11,14,15: ©CrispyPork; p.3: ©Mark Bowden; p.12-13: &#169 Catherine Yeulet

Edición: Keli Sipperley
Diseño de la tapa: Kathy Walsh
Diseño interior: Rhea Magaro-Wallace
Traducción: Santiago Ochoa
Edición en español: Base Tres

Library of Congress PCN Data
Vehículos de emergencia / Katy Duffield
(Mi mundo)
ISBN (hard cover - spanish)(alk. paper) 978-1-64156-922-4
ISBN (soft cover - spanish) 978-1-64156-946-0
ISBN (e-Book - spanish) 978-1-64156-970-5
ISBN (hard cover - english)(alk. paper) 978-1-64156-200-3
ISBN (soft cover - english) 978-1-64156-256-0
ISBN (e-Book - english) 978-1-64156-305-5
Library of Congress Control Number: 2018955961

Printed in the United States of America, North Mankato, Minnesota